一只流浪狗的自述

〔美〕理查德·戴维斯／著

〔美〕E. M. 阿什／绘

吕琴／译

人民文学出版社
PEOPLE'S LITERATURE PUBLISHING HOUSE

图书在版编目（CIP）数据

一只流浪狗的自述 /（美）理查德·戴维斯著；
吕琴译. —北京：人民文学出版社，2016
（狗之物语）
ISBN 978-7-02-011861-8

Ⅰ. ①一… Ⅱ. ①理… ②吕… Ⅲ. ①中篇小说－美
国－现代 Ⅳ. ① I712.45

中国版本图书馆 CIP 数据核字（2016）第 157606 号

责任编辑 甘 慧 尚 飞
装帧设计 李 佳

出版发行 人民文学出版社
社　　址 北京市朝内大街 166 号
邮政编码 100705
网　　址 http://www.rw-cn.com

印　　刷 上海利丰雅高印刷有限公司
经　　销 全国新华书店等

字　　数 50 千字
开　　本 850 毫米 ×1168 毫米 1/32
印　　张 3.375
版　　次 2016 年 10 月北京第 1 版
印　　次 2016 年 10 月第 1 次印刷

书　　号 978-7-02-011861-8
定　　价 25.00 元

如有印装质量问题，请与本社图书销售中心调换。电话：01065233595

序言

这部小说首次发表之后，作者经常收到两类来信，一类是发问，一类是发表声明。来信提的问题是这部小说是否由真实事件改编；声明则是质疑这个故事的真实性。从来信可看出，大多数读者更倾向于认为小说是来自真实美好的生活。为了给大家提供一点背景素材，我写了这篇序言，也可以当作对那两类来信的回应。

这部小说中的牛头梗原型是爱犬界广为人知的埃奇伍德·寇尔德·斯蒂尔，他在书中的名字叫“小家伙”。小家伙原型的父亲是洛德·明托，这是一只受过严格训练的纯种牛头梗，他在加拿大家喻户晓，但这篇故事讲的是，小家伙的母亲是一头名叫维多利亚的黑狗，她的血统并不纯。所以时常有加拿大籍的爱犬者、狗饲养员、犬赛参展商致信给我，告诉我维多利亚和洛德·明托所生的一窝黑色小狗中，小家伙是唯一一只白色的狗。1900 年在多伦多举办的展评大赛上，小家伙参加首秀，评委查尔斯·H·曼森先生选出他是冠军。也就是那一年，他住进了我们的狗舍，之后两年里，他横扫加拿大几乎所有的一流赛事，获得了无数蓝绶带和奖杯。至于另外一只狗，书中小家伙的良师益友“吉米·乔克斯”，在真实生活中也是他的小伙伴，他叫伍德科特·江伯，也就是“贾格斯”，他出生于英国贵族冠军世家，他所获得的名望，也是每只优秀的狗奋斗的目标。

在这部自传小说里，我努力还原小家伙的原貌。今年，他即将为荣誉而战，我相信亲爱的读者不论在哪场展评大赛上看见他，都会友好地拍拍他，和他交个朋友。你们的礼貌和风度，会让他前进的脚步迈得更坚定。

第一部

主人一路磕磕碰碰地走了过来。我原地转五六个圈之后，也会像他这样东倒西歪。

但即使主人的双腿拧成了麻花，你也不要以为他就踢不到你了。事实上，这种时候最容易挨踢。所以我尽力跟在他的身影后，或者干脆跑到路中央。他喜欢在酒吧里逗留，这些酒吧都装了弹簧门，这些门离人行道地面很高，你可以从下面的空隙往里看，看看主人是否在里面。晚上，我偷偷往下瞅这些酒吧，柜台边的人总是第一个瞅见我，然后说：“杰里，小家伙

来带你回家了。赶快！”于是，主人就跌跌撞撞地走出来，跟我回家。

庆幸的是，我浑身雪白，不管夜有多黑，他都能看见前头的我——正好在他伸脚莫及的地方。主人在夜里总能看见最为稀奇的事情，这一点也不假。有时候，他能看见两个甚至四个我，然后开始绕着圈走，这时我就只好咬住他的裤腿，把他拽回正路。一天夜晚，他喝得烂醉如泥，发了酒疯，我一路哄着他，这时，我们遇到两个路人，其中一个嘟囔了一句“畜生！”另外一个人接着问“哪一个？”他们不约而同大笑起来。随后主人就对他们破口大骂。

但是在这个夜晚，不论我们去哪家酒吧，主人的酒友们都不计前嫌，跟我说话

也非常客气，当主人凌空一脚要踢向我时，他们还猛推他一把，呵斥道："你想让我们赔本吗？"

我已经整整一天一夜没吃东西了，出门前，主人把我放在水龙头下冲洗了一番。每当我被关起来不能外出觅食，或者被迫洗澡，或者主人的酒友们对我客客气气甚至还抚摸我的背，我就知道会有事情发生。这个晚上，他们一看到路灯下有警察，就急忙穿过马路躲到对面，最后有个人抱起我，把我藏在他的大衣底下，这时我开始浑身发抖；因为我知道这意味着什么。这意味着我又要为主人出征奋战了。

我打架并不是因为我喜欢打架。我奋力一搏是因为如果我不这样做，其他狗会

抓住我的要害，主人也会输光赌注，这样的话，我会觉得对不住他，还会感到羞愧。我遇到过不少狗，但是我从不会主动挑起战争。当我看到两只狗站在路上互殴，用爪子猛抓对方的耳朵，用牙齿猛咬对方的喉咙，或者在泥土里撕咬在一起打得不可开交时，我就为他们感到难过，然后装作没看见。如果可以的话，我倒愿意和我遇见的每一只狗问好。但是我有一点是所有高贵的狗都不能容忍的。只要我溜达到这些狗身边，向他们微笑点头以示友好的时候，他们总是让我走开。

“见鬼去吧！”他们朝我大声嚷嚷，“滚开！”我一边闪躲，他们还一边叫喊“杂种！”“贱狗！”诸如此类，不绝于耳。

甚至有时候我一回头，他们就蜂拥而上。我三下五除二就能干掉他们中的大多数，个头小的，我能掰断他们的脊梁骨，个头大的，我能扼住他们的喉咙。但是干掉他们又有什么用呢？他们是高贵的狗，而我正想方设法地讨好他们。虽然他们没有明说，但我就是一条流浪狗，如果我真想成为他们中的一份子，他们就有权利对我的身份说三道四。

毫无疑问，他们并不知道我是蒙特利尔最善战的牛头梗。这就是为什么我对他们的骂骂咧咧置之不理。他们完全不知道，一旦我扑向他们，他们只有遍体鳞伤的下场。那个晚上，我的对手是凯利的“白鼠”，我死死咬住他不放，直到主人用绳索套住我的皮圈勒住我。如果不是驯狗师往我鼻子上撒一把胡椒，我绝不会放开这只来自渥太华的狗。我认为当时这些驯狗师待我并不公正，但是也许他们并不清楚这只来自渥太华的狗已经死了。是的，我知道他死了。

我自幼就从妈妈那里学会了格斗。我们住在河岸边的一个木材厂里，白天我们沿着一个个码头觅食。一旦我们找到了食物，就很有可能被其他流浪狗夺走，我很惊叹每到这时妈妈总会挺身而出和他们大干一场，把他们赶走。我所知道的格斗都是从妈妈那里学来的，当时我还太小不能为自己而战，所以都是妈妈掩护着我。从来没有谁像妈妈对我这样好。每到下雪天，圣劳伦斯河也结冰的时候，她独自外出觅食，给我带回新鲜的骨头，然后她坐在一旁，笑盈盈地看着我狼吞虎咽。当时我还只是一只小幼犬，乳牙还没掉光。当我也能加入战斗之后，整个河岸就都是我们的地盘了，正如妈妈说的那样，我长了一张天生的震慑力十足的长嘴，不管是人还是狗都不敢来招惹我们。没错，那真是一段快乐的时光，我们相依为命，过得不错，如果我们想找点乐子，我们就去追赶码头边那些又肥又老的耗子。哈哈，你不知道他们是怎样长声尖叫的！

然而，麻烦来了。对我来说倒不是什么麻烦，因为我还太小不懂得在乎。但是妈妈久久不能释怀，她生病了，如果白天我不陪着她，她绝不会出门。那还是他们之前经常用来攻击我的流言蜚语。但我还太小，并没有领会其中深意。我看不出我的妈妈和其他妈妈们有什么不同。

但是有一天，被我们击退的一群恶狗开始用一些新的称呼辱骂妈妈，妈妈垂下头跑开了，好像他们用鞭子抽打我们。从那之后，她就不会独自外出了，除了在夜里。某一天，她走了就再也没有回来。我四处寻找她，找遍了蒙特利尔的大街小巷，但是从未找到她。

妈妈出走一个月之后的某个晚上，我询问嘉德那些流言蜚语到底是什么意思——嘉德是一头又老又瞎的藏獒，他的主人是我们这一片的守夜人。他告诉了我一切。

“蒙特利尔的每一只狗都知道，”他说，“除了你，每个狗主人也知道。所以我想是时候告诉你了。”

然后他提到了我爸爸，说他是来自伦敦的名门贵族，但是对我妈妈非常不好。“你爸爸有二十二位祖先，这些祖先都有血统证明，你爸爸确实厉害，”老嘉德说道，“他是全英国最纯正的牛头梗，他的血统是最古老最高贵的；他们被称作‘蓝带’之种，专门出产冠军。他有一对惺忪的粉红眼睛和粉红薄唇，他浑身雪白，还有一口洁白的牙齿，在他雪白皮肤之下，能看到他平滑健壮的肌肉，仿佛是钢铁铸造的。当你的爸爸站立起来，仰着头望向天空，他仿佛在说：‘哦，是的，你们这些平凡的狗还有人啊，你们真该睁大眼睛看看。对你们这些人来说，能一睹英国贵族的风采，千载难逢的机会啊！’他是如此洋洋得意，这就是你的爸爸。他看上去就像维多利亚公园里那些汉白玉雕刻的石狗一般自命不凡。你长得很像他，”老藏獒接着说，“所以，你长得很白，跟他一样。这是你们唯一的相似点。但是，听我说，问题就是，小家伙——嗯，你知道的，小家伙，问题就是——你的妈妈——”

“够了。”我打断他，因为听到这里，我已经明白了，不用他再说下去。我起身离开，高昂着头，翘起了尾巴。

可是我真的很难过，唉，那一刻我是如此想见妈妈，告诉她我一点也不在乎。

妈妈和我一样，是一只流浪狗；她身上既没有贵族血脉，长得也不像我爸爸，最糟糕的是——她压根不像我。每次参加搏击之前，我都要洗澡，洗完澡我就变得洁白如雪，她——这就是我们的麻烦——我的妈妈，她是一只黑色的狗。

妈妈从我身边消失时，我已经十二个月大了，能够独立照顾自己。自她走后，码头也变得不一样了，于是我移到市郊，在那里我遇到了主人。在他之前，有很多老家伙试图接近我，想带我回家。但他们不是轻轻拍我，就是用一块肉来诱哄我；所以我并不喜欢他们。某一天，我正在街头大战里打得热火朝天，主人揪住我的后腿把我拉了出来，狠狠地踢我。

“你想打架，是不是？”他呵斥道，“我让你打个够！”说完，他又踢了我一顿。自此，我认定他是我的主人，然后就跟着他回家了。从那之后，我开始为他卖命，我为他赢得了很多次格斗，全省各地的狗都来和我一比高下；但是在那个晚上之前，从来没有——体重在三十磅以下的——狗能打败我。

那个晚上，在我被他们带进格斗场的那一刻，我就发现和我决斗的狗是如此肥硕，而我根本不是他的对手，对一只小幼犬来说，这个要求太高了。主人应该早就知道我不能胜任。我并不是要责怪主人，因为当他清醒的时候——你可能会说这不是一贯的他——他对我最好，只要我能找到食物，他就让我出去觅食，只有当我不去酒吧接他、不带他回家的时候，他才会踢我。

踢打会让肌肉变坚韧，比赛前忍饥挨饿会激发斗志、滋生坏脾气，但是踢打和饥饿也损害了身体，我的腿都开始打颤了。

格斗场在一家酒吧后面的大厅里。大厅一角放了一个烧得火红的石灰炉，格斗场在另一角。我裹着毯子蜷在主人的大腿上，虽然有火炉，但我还是冻得瑟瑟发抖；在比赛前我总是浑身发颤：这是抑制不住的兴奋。那些老家伙们还在酒吧里忙着下注，忙着喝进最后一口酒的时候，一个穿着长筒靴的小个子爱尔兰马夫走近我，把手背放在我鼻子上让我嗅，然后挠了挠我。

“你这个可怜的小狗啊，”他说，“你肯定没戏。”他又补充道，“酒吧里那头畜生会让你粉身碎骨。”

“那是你的看法，”主人朝他咆哮道，“我和你赌一英镑，小家伙一定能灭了他。”

马夫摇摇头，仍盯着我看，眼睛里流露出一丝遗憾的神情，仿佛我和他心有灵犀。他不停地轻拍我，一刻也离不开似的，然后他用低沉的声调——就像对人类说话那样对我说：“哦，祝你好运，小狗。”他是如此礼貌，我爬起来舔了舔他的手。我一般不这样做。主人知道这一点，所以他拉下了脸。

“你的手背涂了什么东西？”他跳起来质问道。

“肥皂！”马夫不假思索地回答他，“我比你涂得多，你想闻一闻吗？”话音刚落，他就一拳打在主人鼻子上。好在周围的人迅速拉开了他们。

“他想毒死小家伙！”主人声嘶力竭地叫道。

“嘿，真正的比赛就要开始了！”裁判员说，“去场地那边吧，杰里，快点！”然后我们进场了。

我永远想不起在那个场地到底发生了什么。我找不到机会跳起来，那只狗就像一头马压在我身上。我的下肢也使不上劲，然而他却游刃有余，一上来就想把我撂倒。在第三回合里，当他出招时，我在想那些看热闹的人能不能把他从我身上撬开；我快要奄奄一息了，那种感觉就像我当初掉进河里差点溺死。他一步步逼近我的要害，我头上直冒金星，红的、黑的都炸开了锅；就在我确信自己必死无疑的时候，驯狗师们一起把他拉开，这时主人踢了我一脚，我才回过神来。但是我丝毫不能动弹，甚至连眼睛都睁不开，因为我的双眼都被揍肿了。

“他是个杂种！”主人大声号叫，“一个不争气的胆小鬼杂种！他给我输掉了比赛，因为他是个胆小鬼杂种。”说完，他又开始踢我身体下部，我开始在木屑片上打滑。

“你可真会感谢人！”主人失控地吼道，“那只狗，我喂他，看护他，给他住

的，把他当成王子；可是现在，他却夹起尾巴出卖我，没错。他就是一个胆小鬼！我受够他啦，真的。谁给我一斗烟草的钱，我就卖了他！”他拎起我的尾巴，把我悬挂着给那些老家伙们瞧。“在座的爷们有没有要买狗做香肠的？”他问道，“这就是他唯一的用处了。”

然后我听到那个小个子爱尔兰马夫说：“我给你半英镑。”

不知是谁接过他的话：“啊，千万不要；这只狗就要死了——可能已经死了。”

“十先令！”主人说，听上去他有点清醒了，“两镑，他就是你的了。”

但是那些老家伙们又开始掺和。

“别傻了，杰里，”他们劝他，“你

会对此感到后悔的，醒醒吧。小家伙值五镑。”我倒挂着睁开一只眼——这只眼肿得没那么厉害，瞥见其中一个老家伙抓住了马夫的肩膀。

“伙计，你要这条狗，就给他五镑吧。”老家伙说，“这可不是一般的狗。这条狗的血统很纯正，真的。因为他的爸爸——这条狗的爸爸——”

我原以为他说不下去了，实际上他只是暂停下来确认马夫在听他说话。

“那条狗的爸爸，”老家伙接着说，“是雷金特王子——冠军雷金特大王的儿子，他连续四年获得英国牛头梗大赛冠军。”

我忍受着撕心裂肺的痛苦听他说完，他说得太好听了，我恨不得要摇一摇尾巴，可是我的尾巴被人揪住了。

然而主人却大声嚷嚷起来："没错，他的爸爸是雷金特王子。但有人说这胆小鬼小狗不是他的儿子，你们知道为什么吗？我来告诉你们：因为他的妈妈是一只黑不溜秋的流浪狗，这就是原因！"

也不知道是谁赐给了我力量，我一下子从主人手心里挣脱，摔在他的脚上，我一翻身就死死咬住他的脚踝，差点没把他的骨头咬碎。

老家伙们赶紧上前拽开了我，再醒来的时候，我发现自己在火车车厢里，趴在小个子马夫的大腿上。他正在给我身上裂开的伤口敷一层黄色的油膏，它散发出的气味很细腻，我很乐意舔掉它们。

第二部

“哦，你叫什么——诺兰？好的，诺兰，这些推荐信还不错，”那位年轻的先生说——我的新主人称呼他为“温德姆先生”，“你做我的副马夫吧。今天就可以上任。”

我的新主人随即立正，举手向他行礼。“先生，谢谢您。”接着他还想说点什么，但仿佛有一根鱼刺卡在了喉咙里，最终他还是说了出来。“先生，我还有一只小狗。”

“你不能留着他。”温德姆先生很干脆地回答道。

“先生，他只是一只小幼犬，”我的新主人哀求他，“先生，他不会跑出马厩的。”

“不是这个问题，温德姆先生打断他，“我有大型养狗场，里面都是非常名贵的狗；他们是全美国最优良的品种。我不允许混进陌生的狗。”

主人摇了摇头，挥挥帽子向我示意，我偷偷地从门后爬了出来。“先生，非常抱歉，”主人说，“这样的话，我不能接受这份工作。先生，我离不开这只小狗。”

温德姆先生瞪着眼睛看我，我甚至以为他要拿鞭子抽我，我立马翻了个身，摇尾巴求饶。

“你为什么要虐待他！”温德姆先生严厉地呵斥主人。

“不要怕！”主人面红耳赤地说，“是别人教他的，我救了他。我绝不会那样教他！”他把我抱进怀里，好让温德姆先生看看我有多喜爱他，我舔了舔他的下巴和双手。

温德姆先生翻了翻主人交给他的那些信件。“好吧，这些推荐信确实很吸引我，”他说，“留下这条狗吧。但是你要保证他远离那些狗舍——最好你们俩都能做到。”

“先生，谢谢您。”主人咧嘴笑着说，他笑的样子好像一只安全逃到栅栏后边的猫发出的笑。

“这只牛头梗还不孬，”温德姆先生一边摸我的头一边说，“其实我对这类短毛狗懂得并不多。我的狗都是圣伯纳犬。”

他托起我的鼻子，“他的耳朵怎么了？都快被撕裂了。难道这是一头斗狗？”他急忙问道，语气有些粗暴。

我差点没笑出来。要不是他托着我的鼻子，我一定会报之以大笑。在体重三十磅以下的狗中，我可是魁北克省最棒的，他现在问我是不是一头斗狗！我跑到主人身边，谦卑地垂下头，等待他讲述我的战斗经历；但是主人却痛苦万分地用帽子挡住脸，一个劲地咳。“先生，斗狗！”他喊了出来，“主保佑您，先生，小家伙根本没听过这个词。就像您看到的，他只是一只小幼狗；可以说他是一条宠物狗。小家伙就是大小姐们喜欢的普通哈巴狗。”

“好吧，你一定看紧他，别让他靠近

我的那些圣伯纳犬，”温德姆先生说道，“否则，他们很可能会咬他。”

“遵命；他们确实有可能那样做。”主人回答他。但是当我们一出门，主人就拍了一下膝盖，露出了会心的笑容，然后向我友好地眨了眨眼。

主人的新家在长岛区乡下。他的家用高大的石墙围了起来，最前头是一扇大铁门，就像戈弗雷啤酒厂那样；一幢大房子屹立其中——总共有五个红屋顶；我住的马厩比露天面包房还要干净。当然还有狗舍；但是他们不像我以往见过的任何地方。起初，我一到晚上就睡不着，我老是担心会有人逮住我，赶走我，因为我竟然睡在这么干净的地方；真正入睡之后，我梦见

自己又回到了老主人的阁楼里，趴在生锈的炉子旁瑟瑟发抖——炉子从来就没生过火，而主人连衣服也不脱就一屁股倒在冰冷的地板上。我打着哆嗦从睡梦中醒来，发觉自己是在新主人的小床上，他的手露在被子外面，紧挨着我；我能看到大火炉里发出的红光，听见楼下马匹在铺满稻草的隔间里发出的跺脚声，甚至还能闻见干草和肥皂水洗过的马具散发出的甜香气味，很快我又睡着了。

主人说，这个马厩就是我的监牢，可我一点也不奢望还有比监牢更好的家。

“小家伙，”主人坐在一个倒扣的木桶上对我说，“现在，你必须要明白这一点。当我一吹口哨，就意味着你不能跑出这个院子。这些马厩就是你的监牢。如果你做不到，我们就不得不离开这里了，在海另一边的梅奥郡，我的老母亲也只好离开她的小茅屋。因为我每个月必须要给她两英镑，否则她就会饿着肚子，或者愁掉头发。我不能失去工作，小家伙，不要让我失望。你绝对不要靠近那些狗舍，”他顿了顿，接着说，“他们不是为你这种狗所建的。里面的狗都是高贵品种。小家伙，我情愿看你摇尾巴，也不要那里一窝长毛狗，但是说到底，他们比你高一等，就像这幢大宅子里的贵族们比我高一等。我清楚自己的地位，所以远离那些贵族，你也要远离那些贵族狗。”

所以，我从没有离开过马厩。从早到晚，

我就趴在石板地上晒太阳，看马夫们清洗马车，我唯一害怕的就是他们嬉闹起来，然后用水管子对准我。这里连一只老鼠都没有。我从未见过这样的马厩。

“诺兰，”马夫总管说，“总有一天，这条狗会让你吃苦头的。你不能把一头流浪狗拴住一辈子。江山易改，本性难移啊。”这个马夫总管是个善良的老绅士，但是他并不了解实情。难道是我自己乐意成为流浪狗的吗？难道我不喜欢有人给我端来洗脸盆，却更喜欢把脸埋在垃圾堆里找吃的？难道我宁可去斗殴，也不愿意和大家友好相处吗？如果妈妈在我身边，我别无所求。我想起了她的种种过往，在下水道里徘徊不定，冰冷的夜晚蜷在桥底下过夜，最糟糕的是，吐着舌头在炎热的马路上狂奔，发了疯似的找水喝，而路人就会大骂“疯狗”，还会用石头扔她。水确实很珍贵，我一点也不责怪人们把水锁在自己家里；但是酷暑来袭的时候，我想他们应该记得三伏天为什么叫三伏天，然后放一点水在屋外的水槽里，他们为了马就会这样做。这样，我们就不会发狂，警察也不会瞄准我们。一无所有的日子里的点点滴滴如潮水般向我涌来，如果我能和妈妈分享现有的一切，就像她当初对我那样，我肯定是这世上最幸福的狗。并不是说我现在不快乐，我最感激主人了，如果我把心思都放在他一个人身上，麻烦可能就不会再次找上门。

可是有一天，马车夫告诉我们，桃乐

茜小姐从学校回家了，刚好那天早上她跑到马厩看望她的小马驹，然后她发现了我。

“啊，真是又可爱又白净的小狗！”她欢呼道，接着问我，“你是谁家的狗狗啊？”

“小姐，这是我的狗。”主人回答她，“他叫小家伙。”我礼貌地凑到她跟前，舔舔她的指头，因为我从来没有见过这样美貌热心的女士。

“你一定要跟我去见见那些刚出生的小狗崽。”她一边说一边抱起我就走。

“哦，请留步，小姐，”主人提高声调说，“温德姆先生下令不让小家伙去狗舍。”

“没关系，”亲爱的小姐说道，“那些狗舍也是我的。小狗们一定会喜欢和他一起玩。”

下面我要告诉你们那些贵族狗过的是怎样的生活，你可能并不相信我说的话。如果不是亲眼所见，我也很难相信。加拿大总督都不可能过得如此舒适。总共有四十只狗，但是他们每一个都有自己的屋子和院子——院子几乎都是独享的——还有自己的小床和饮水盆。仆人们就在四周待命，当狗儿们饿了就喂他们，还伺候他们洗澡；还把他们的长毛梳理得顺滑锃亮，就像马匹出栏时，马夫们必须要刷好马儿的鬃毛。就连小狗崽都穿着绣有蓝色字母——那是他们各自的名字——的外套。每座狗舍大门的正上方都漆上了狗儿的名字，就像酒吧和兽医诊所那样。他们是我

见过的体形最庞硕的圣伯纳犬。如果他们愿意的话，我差不多能从他们身子底下钻过去。但他们是如此傲慢自大，瞥了我一眼，就摆出一副嗤之以鼻的不屑之情。小姐的狗是一头老绅士范的斗牛犬。他跟着我一起溜达，当他发现我对看到的一切惊叹不已时，他表现得非常和蔼可亲，开始为我讲解。

桃乐茜小姐叫他“吉米·乔克斯”，由于比较胖，他走起路来一板一眼，就像鸭子那样蹒跚而行，他这样倨傲不羁、英俊大方，却取了一个傻乎乎的名字。

“这是跑道，那边是奖品陈列室，”他对我说，“再过去那边是医院，如果你得了瘟疫，就不得不去那里，兽医会给你灌上药水。”

“先生，哪一栋是您的房子？”我尽可能礼貌地问他。但是我的问题好像伤害了他，他依旧是一副高高在上的表情。“我不住在狗舍里，”他以一种轻蔑的口吻说道，“我是一只家狗。我住在桃乐茜小姐的房间里。午餐时分，我也能和他们一家人共处一室，如果客人们不介意的话。通常他们并不在乎，他们不好意思开口赶我走。此外，”他故作谦虚地笑着说，“客人们总是很害怕我。因为我长得这么丑，我认为——”他蹙紧脸上的皱纹，慢吞吞地说出了令我震惊的话，“我认为我是全美国最难看的斗牛犬。”他看上去似乎对自己的这番话还乐在其中，我就顺势说道：“没错，先生；您确实是我见过的最丑的狗。”

他极为赞许地点点头。

“但是我才不会伤害那些客人啊，你也说过——”他接着说道，而实际上我出于礼貌并没有说过那样的话，“我已经太老了，我的牙齿都掉光了。上次，其中一头大灰熊，”他盯着那些身材高大的圣伯纳犬说，“抓住了我，差点把我弄死。”他开始神情激昂地描述当时的情景，那对眼珠子都差点要蹦出来。“他把我甩到了泥地里，我就在泥巴里打滚，根本爬不起来。真低俗，”说到这里，吉米·乔克斯做出一副心里很不是滋味的表情。“低俗，我就是这样认为的——那是种粗鲁的表现，年轻人，你懂的，以我的身份我是绝不会去打架——真是非常——非常低俗。”他

鼓足浑身力气怒吼出了这样的话，气喘吁吁地，好像他在边跑步边说话。

“我可不是流落街头的斗狗，”他愤愤地瞪着一头标有“冠军”记号的圣伯纳犬说道，“当风湿病没有发作的时候，我会竭力做到对所有狗都客客气气，只要他们也是有教养的狗。”

“先生，您说的一点不错。”我说，因为跟我这种狗在一起，他都这样亲切和气。

说着说着，我们来到了一座独立的小屋子旁，吉米·乔克斯邀请我进去。“这是他们的奖品陈列室，”他说，“他们就把奖品放在这里。我的奖品——”他郑重其事地说道，“就摆放在边柜上。”即使我不明白什么是边柜，我依然接过他的话：“确实如此啊，先生，那一定很值得欣慰。”然而他只是耸了耸背，简短地说了句：“那是我的权利。”

奖品陈列室和我去过的任何酒吧一样奇妙。墙上挂着的一律是圣伯纳犬的美照，然后是一排排的蓝绶带、红绶带还有黄绶带；我问吉米·乔克斯为什么蓝绶带比其他颜色的绶带多很多，他笑着说：“因为这些狗总能获胜。”架子上还摆放了很多璀璨的奖杯，吉米·乔克斯告诉我奖杯都是颁发给冠军们的。

“先生，现在我有一个问题想请教您，”我说，“什么是冠军？”

他深深地吸了一口气——我都担心他

吸的这口气会爆掉他自己。“亲爱的小伙子！”他说，“你是在哪里上的学？冠军就是——冠军，”他又说，“他必须在公开级别的赛事里赢得九个蓝绶带。听着，那意味着他要打败所有的选手。这样他才能在他的名字前冠上这样的称谓，体育报上也会刊登他的照片。当然，你是知道的，我就是一个冠军。”他说，“我是冠军伍德斯托克·伟泽三世，另外两位伍德斯托克·伟泽——我的父亲和叔叔——也都是冠军。”

“我还以为你叫吉米·乔克斯呢。”我说。

他听完笑了起来。

“那是我在狗场里的名字，不是我的注册名，”他说，“奇怪，你应该知道每条狗都有两个名字的啊。打个比方，你的注册名和注册号是多少？”

“我只有一个名字，”我回答他，“就是小家伙。”

伍德斯托克·伟泽不以为然地皱起眉头，眼珠子又要弹了出来。

“你到底是谁？”他问，“你的家在哪里？”

“先生，我住在马厩。”我回答说，“我的主人是副马夫。”

伍德斯托克·伟泽三世眼睛一眨不眨地听我说完，然后把目光转向我的头上方。

“噢，好吧，”最后他说，“你是个非常懂礼貌的小伙子，有些事情是无能为力的，我不会责怪谁。”我觉得他的这番话非常公正，不带任何偏见。“我认识很多冠军牛头梗，”他接着说，“可是通常看来，他们性情急躁，火药味十足。说真的，我并不介意追着水龙车满大街跑，也不介意打架，大家都有自己的风格。”

我忍不住幻想伍德斯托克·伟泽三世追在消防车后狂奔的模样，他一定会中风而死的，幸运的是，他已经掉光了牙齿，对打架也毫无兴趣；但是他故意屈尊才这样说的，所以我就没有说什么。

“不管怎样，”他说，“任何短毛狗都比圣伯纳犬那些长毛老东西要强，如果在马厩里饿了的话，你可以来宅子里找我，我会给你准备骨头。我已经不吃骨头了，但是出于习惯，我会把它们掩埋在花园里，也是为了可以招待顺道来访的朋友。啊，小姐走过来了，”他说，“再会啦。很遗憾因为我们身份的不同，我们不能经常见面，你是个值得一交的小伙子，你对前辈很尊重，在这个国家，能做到这一点的狗已经寥寥无几了。”说完，他就摇摇摆摆地离开了，我独自留在那里感到十分伤感，因为他是这么多天以来和我说话的第一只狗。但是自从他发现我是生活在马厩的狗之后，他就摆出一副不需要我陪伴的模样，所以我一直在等他离开。这里——奖品陈列室不是一个让我愉悦的地方。那些照片里的冠军们一个个虎视眈眈地看着我，好像在说我有什么权利来仰视他们，那些蓝绶带、金绶带还有银奖杯让我感到很自卑。

我从未赢得过什么蓝绶带或银奖杯，我只在酒吧里为我的老主人赢了一些赌注；我也不是靠出身高贵获得奖励的，而是靠斗殴——没错，就像伍德斯托克·伟泽三世说的那样，低俗的斗殴。我垂下头夹起尾巴，心怀愧疚地朝马厩走去，因为这是我头一回离开主人。然而接下来发生的事情，越发加重了这种愧疚之情。

奖品陈列室离狗舍还相当远，当我离开陈列室的时候，我瞟见桃乐茜小姐和伍德斯托克·伟泽三世正往狗舍那边走去，突然，一头高大的圣伯纳犬——他是冠军雷德·埃尔伯特——挣脱了锁链，朝他们追过去。他一靠近老吉米·乔克斯，就发出一声长啸——仿佛货船在迷雾中发出的

汽笛声，然后跳腾了三下想逮住他。他的身形足足有四个老吉米·乔克斯那么庞大；但是老吉米·乔克斯站稳脚跟，弯下身子，脖子那一圈的毛发全竖立起来，像戴上了一个围脖。可是他一点机会也没有，因为那头大棕熊——吉米·乔克斯就是这样称呼他们——已经扑在了他的背上，妄图折断他，老吉米·乔克斯紧咬牙龈，死死抓住地上的草，喘息着发出可怕的呻吟。他已经无可奈何了，他就在大棕熊的身子底下被踢来踢去，大棕熊恶狠狠地撕咬着他。以我战果累累的经历来看，结局已经很清楚，伍德斯托克·伟泽三世肯定会被活活打死；可是我并不知道冠军间的比赛规定，如果两头有教养的狗是为了解决他们之间的私事而战，我是不喜欢插手的，但这只是我自己的假想而已。我就站在一旁，尽管浑身发抖，但是我一动不动，仿佛有根皮带圈住了我。伍德斯托克·伟泽三世趴在地上透过灰尘瞥见了我，然后向我发出了微弱的呼叫："救救我！"他说，"拽住他的后腿。他要杀死我！"桃乐茜小姐尖叫着呼喊养犬员，她已经抓住了雷德·埃尔伯特的后腿，把他从吉米身上拖了下来，但是这头畜生一扭头朝她狂吠，他的前爪仍然牢牢压住吉米的喉咙。时不我待。我狂奔了过去。然而我无计可施。他是如此高大，我只能来回跳跃着去够他，然后用我震慑力十足的长嘴——妈妈之前常常提起的——去对准他毛茸茸的喉咙，再张开嘴去咬他。只能不停地蹦，每一次腾空，我都恨不得撕裂他的气管——我只是个三十磅的小个子。他的长毛挡住了我的视线，我什么都看不见，只听到吉米·乔克斯在一旁呼哧呼哧地，用他掉光了牙的嘴在用力咬那头野兽的腿。吉米——哦，我应该叫他伍德斯托克·伟泽三世——在那天表现得就像个运动老将。雷德·埃尔伯特败下阵之后，我赶紧跑开了，否则那些养犬员会要我的命。他们一直跟在我身后追到了马厩；从干草堆下我看见马夫总管取来一根马车鞭，递给他们处置我。侥幸的是，主人和其他年轻马夫就在这时出现了，要不然我肯定会被他们一顿暴打。

好吧，对我和主人来说，这都是场灾难。

温德姆先生怒气冲冲地赶到马厩。他说我差点害死那只获奖最多的赛犬，我应该被枪毙，然后他解雇了主人。但是桃乐茜小姐跟在他身后进来了，告诉他是雷德·埃尔伯特先发出挑衅，而我挽救了吉米，老吉米·乔克斯在她心目中远胜过那些圣伯纳犬——不论他们是来自瑞士山区，还是别的什么地方。不管怎样，我就是她心目中的冠军。说完，她就伤心地抽泣起来——她哭泣的样子真是楚楚动人，为了我，也为了吉米·乔克斯——他浑身绑满绷带，都不能动弹了。当温德姆先生听完事情另一面之后，他和我们说，只要诺兰把我用链子锁住，我们就可以继续在这里住下去。除我之外，大家对这个建议都没有异议。

我很高兴主人保住了他的工作，但是我之前从没有戴过锁链，所以不免有些心灰意冷。但这还只是无所谓的事情。因为那些贵族狗绝不会原谅我“欺负”了他们的冠军，他们跑到狗舍和马厩之间的栅栏那边，隔着栅栏用最恶毒的话嘲笑辱骂我。我不明白他们是如何知道我的身世的，但他们真的知道。在那场恶战之后，吉米·乔克斯对我毕恭毕敬，他告诉我，马夫们对养犬员吹嘘说我是皇家雷金特的儿子，然后养犬员问我的妈妈是谁，马夫们就如实告诉了他们。或许丑闻就是这样传出去的，无论如何，现在每只贵族犬都知道我是流浪狗，我是一头黑狗的儿子。

“这种不合时宜的结合时有发生，”

吉米·乔克斯以长者的语气安慰我说，“但是任何有教养的狗，”他瞪着木栅后面嚎叫的圣伯纳犬，流露出轻蔑的眼神，“都不会在你面前提到你的不幸，更不会当你的面辱骂你。我还记得你祖父在水晶宫首次亮相的场景。在那次比赛上，他获得了四根蓝绶带和三个特别奖。”

还没等吉米离开多远，那些圣伯纳犬又开始一阵怒骂，攻击我妈妈也攻击我。他们发现我在用力挣脱锁链，就知道自己是安全的，于是骂得更凶了。自那之后，一切变得不同以往；那些讥笑嘲弄像把刀插在我心上，那条铁链捆绑住了我的灵魂。我是如此沮丧，以至于有时候我希望自己能回到贫民窟，在那里我就是老大，甚至有些夜晚，我希望自己已经死去。要不是主人这么善良，要不是我害怕被误解成我怪罪于妈妈，我早就用皮带勒死自己了。

在那场恶战过去大约一个月时，纽约大赛即将开始的消息传遍了养狗场，接下来发生的事情是我从未见过的。他们兢兢业业地参加训练，似乎每一个都在为赢得一千英镑和晋级而努力。或许我是在嫉妒他们。养犬员帮他们刷洗身子，修剪梳理长毛，他们故意喂肥一些狗，也故意让一些狗挨饿。大赛是大家唯一的谈资，什么“我们的狗”打败其他狗的机率，什么我们其中一头冠军能否战胜另一头冠军，什么那些最有希望夺冠的狗是在公开级还是在“限制”级表现更出色，什么这只狗能否击败他自己的父亲，什么那头狗的小妹妹能否战胜自己的兄长和父亲。甚至连马夫们也拿出钱开赌，从早到晚，他们对“我们的”狗赞不绝口，对于置身事外的我来说，真恨不得拖着罐头在街上流浪，就算那样我也不感到羞耻。我知道比赛不是为我这种狗而设，所以我成天就在铁链下趴着装睡，唯一能让我感到欣慰的是，那些狗们要处理如此重要的事情，可以暂时放我一马。

然而大赛前的某天，桃乐茜小姐和温德姆先生一起来马厩，她看到我被锁住万分痛苦的样子，就抱起了我。

“你这个可怜的小狗！”她说，“用铁链捆住他，真是太残忍了；他心都碎了，诺兰，我不了解牛头梗，但是我想小家伙也有不少优点，你应该带他去比赛。吉米·乔克斯已经参加了三次伦斯勒杯，这次我还要带他去，这样他就是第四次参加了；只要你愿意，我也会带你去。小家伙，你觉得怎样？”她停下来问我，“你想不想去瞧瞧世界上最棒的狗？没准你能碰到一两个朋友。小家伙，这会让你振作起来的，对吗？”但是我极度心烦意乱，猛烈地摇

尾巴。“他同意！”她说。虽然是有点兴奋，但是我什么也没有说。

温德姆先生见状笑了，拿出一张蓝色的纸，在马夫总管的桌前坐下。

“诺兰，这条狗的父亲叫什么？”他问，然后诺兰回答说：“先生，他之前的主人告诉我他是冠军雷金特王子的儿子。但是看上去不像，是吧？”

“当然不是！”温德姆先生果断地回答道。

“诺兰，你确定吗？”桃乐茜小姐问。

“不确定，小姐。”主人回答她。

“父亲不详。”温德姆先生边说边写下来。

“出生年月呢？”温德姆先生又问。

“先生，我——我——不知道。”诺兰回答他，然后温德姆先生记了下来。

“驯养师？”温德姆先生接着问。

“不知道。”诺兰已经涨红了脸，我低垂着头和尾巴。温德姆先生又写了下来。

“母亲的名字？”温德姆先生问。

“她是一只——不知道。”主人回答他。我舔了舔他的手。

“母亲不详。”温德姆先生边说边记。然后他拿起那张纸，大声念道：“‘父亲不详，母亲不详，驯养师不详，出生年月不详’，你都可以叫他‘了不起的不详’。”然后他问：“谁给他支付参赛费？”

“我。”桃乐茜小姐说道。

两周之后，我们一同登上了去纽约的

火车。诺兰陪着我和吉米·乔克斯——我们在吸烟车厢，二十二头圣伯纳犬则被锁在一个个板条箱里。他们发疯似的乱嚎乱叫，我从来没见过这种场面；当他们发现我也去参赛的时候，他们几乎都要笑死了。

“这是怎么回事——马戏团吗？”列车员说。

但是我完全心不在焉。我讨厌参加比赛。我清楚自己不是什么“赛级”犬，尽

管桃乐茜小姐和主人尽最大努力不让我给他们丢脸。出发前，桃乐茜小姐从镇上叫来一个人给我刷洗身子，用砂纸擦亮我的尾巴，最可怕的莫过于用主人的剃刀修剪我的耳毛，这样我就能毫无遮挡地看清前方，最后那个人不停地往我身上喷洒白灰，直到我像汤米的皮带那样白得发亮。

“哎呀，好家伙！”吉米·乔克斯第一眼看见我就说，“你可真英俊！你和你祖父在水晶宫首次亮相时是一个模样。他拿了四个第一、三个特别奖。”我清楚他只是在鼓励我。他们可以给我洗澡，可以给我刷身子，可以给我抹上白灰，但是他们无法让我的灵魂变白，它是黑色的。

我们来到一个园区，这个会场绝对是

世上规模最宏伟的会场。里面有一排排长凳，延伸至数英里之外，长凳上是一个个隔间，全美国的狗都汇聚在此。如果蒙特利尔所有的偷狗贼花费一年时间，日夜不休，也找不到如此之多的狗。他们全都在鬼哭狼嚎，我差点被他们吓死。起初，我以为他们都是冲着我这个不速之客，可后来我找到自己的位置之后，发现他们对每一只新进来的狗都会狂吠一通：什么你敢和我比，什么滚出去，什么你以为自己是老几，反正就是这类话。吉米·乔克斯被锁在我身后，他跟我说他从没有见过这么壮观的大赛。“小伙子，你的比赛很激烈啊。”他打量了一眼我这边说道，我这一排总共有三十只牛头梗。他们全都像奶油那样白亮，一个个都很出色，如果我能挣脱锁链，我会逃回家躲进马槽。

他们通宵达旦地欢歌笑语，向老朋友致以问候，而那些想家的小狗崽则呜呜咽咽。总之，他们自己不想睡觉，也不会让其他狗安宁。晚上这里灯火通明。吉米·乔克斯发出了轻微的鼾声，而我只能打个盹，我一合上眼就梦见了恐怖的事情。会场里所有的狗似乎都在怒斥我这个不法闯入者，他们张开血盆大口，眼睛瞪得和屋顶的灯一般亮。“你是流浪狗！滚出去，流浪狗！”他们朝我大喊大叫。他们驱赶我，我身上的白灰掉了一地，他们尖叫着大笑；我低头一看，我变成了黑色。

这真是个恐怖至极的噩梦。第二天早

上，当桃乐茜小姐来看望我，给我递上水盆的时候，我哀求她带我回家；可她完全不能领会我的心意。“小家伙真好！”她说。我跳到主人怀里，妄图挣脱锁链，他说：“小姐，如果他懂得他即将面临的一切，他不会这样兴奋的。”然后他们拿出一本册子，把上面那些高贵牛头梗的名字一一念给我听，他们是我的对手。我无法让他们明白，我其实只想逃走，藏在一个不为人知的地方。

忽然之间，一伙人急匆匆赶到我们这边，他们开始给牛头梗刷毛；主人也拿起毛巾给我擦身子，他非常紧张，双手抖个不停，桃乐茜小姐戴着手套用力扯我的耳朵，好让血液循环更快，没过多久我的耳朵变得又红又硬，直直地耸立在那里。

“诺兰，现在，”她的声音在发颤，宛如主人的双手，“让他保持昂首挺胸——这样才能引起裁判注意。”一听到裁判，我就四肢发软，因为我太了解他们。曾经有两回，我的老主人试图在格斗中帮我一把，都被裁判警告，还威胁他下不为例，否则就会被关进监狱。我知道他们肯定会揭发我。别以为抹上白灰就能糊弄裁判。他们对你知根知底，一眼就能看穿你。

裁判们都在竞技场上，这个竞技场和格斗场非常相像，进场之后我发现里面还有六只狗，我已经跃跃欲试，只要裁判发令，我就会奋力一搏。然而主人却抚平我的毛发，轻声对我说：“等一等，小家伙，坚持住！

这不是格斗。”他还一直在我耳边低语，“你是最棒的！”“小家伙，拜托啦，你是最棒的！”他紧紧拽住我的皮带，我的前肢都无法触地，只能高昂着头。栅栏外已是人山人海，我们那三个养犬员也在其中，他们一个劲取笑我和主人，桃乐茜小姐也刚刚赶到围栏边，她瞪圆了双眼，我以为她要大哭一场。我就要在裁判眼前曝光，而所有人包括桃乐茜小姐会眼睁睁看我被驱逐出大赛，这个想法让我不寒而栗。

裁判本人面目狰狞，戴着眼镜，留着红胡子。我刚进场的时候，他都没有瞥见我，因为我躲在主人身后，步伐也较快。可是当主人拉着我再往别处去的时候，我用力抵住地不想往前走，这时裁判漫不经心地看着我们，然后他停下脚步，他的目光透过眼镜聚焦在我身上，我知道我彻底完蛋了。

“还有吗？”裁判问入口处的看门员，但是他的目光却一刻也没有离开我。

看门员翻了翻手中的册子，应答道：“新手级别总共是七只。全部到齐了。您继续吧。”说完，他关上入口的门。

裁判摆出一副速战速决的模样。他朝场地一角摆摆手，“带走他。”他命令那条狗的主人，“就是你，赶紧带走。”然后他转过身，一本正经地环视剩下的六只牛头梗。我都不清楚自己是怎样一点点挪到角落的。我用力刨木屑层下的土，想给自己挖一个墓。那几个养犬员一边拍打着

栅栏，一边大声嘲笑主人，我真担心他们会一头栽下去。他们前仰后合，还不忘对角落里的我指指点点。亲爱的桃乐茜小姐站在一旁，紧闭双唇，我能看见眼泪在她的眼眶里打转。主人低垂着头，仿佛有人用鞭子在抽他。我真为他感到难过，这种难过是前所未有的。他涨红了脸，不停地眨眼睛，假装没有瞧见那些养犬员。假如第一个出局的是我，我们也不至于受到这样的羞辱，可事与愿违，我被留下了，当裁判在检阅其他高贵的狗时，我心痛万分。所有人的目光也跟着裁判一起移动。他果断而迅速，毫无疑虑。你不能糊弄裁判。他们知道你的老底。

然而面对着这群高贵的狗，他开始犹

豫不决。他面露不悦地怒视他们，一会看看这边，一会瞧瞧另一边。他用手去摸他们，命令他们跑几步。诺兰垂头丧气地倚着栅栏，轻轻地拍我。桃乐茜小姐来到他身旁，一言不发，只用手拭了拭眼睛。栅栏外面有个人问主人："裁判不喜欢你的狗吗？"

"不是的。"主人回答他。

"他以前参加过比赛吗？"那个人又接着问。

"没有，"主人说，"我也再不会让他参加比赛了。他是我的，我们是一家子！我可不在乎裁判怎么看他。"他说这些话的时候，我心怀感激地舔他的手。

其中两只狗被裁判留在竞技场中央的小平台上，其他四只狗都被赶到各个角落，

被赶走的狗都装作满不在乎地舔着身子，诺兰也假装不在乎。

平台上那两只狗是如此英俊，裁判也无法裁定谁更出色，他一度弯下腰把两只狗的头并拢比较。但是最后他长叹一声，拍拍膝盖上的木屑，走到场内记分员的桌边，那个桌子上堆满了蓝色、金色、红色还有黄色的绶带。裁判拾起一把绶带走向两位先生——他们正是那两只优等狗的主人，依次问他们："你的狗是多少号？"接着他给每个人颁发了一个绶带。之后他突然转身径直朝主人走来。

"你的狗是多少号？"裁判问道。主人惊讶得说不出话。

这时桃乐茜小姐开始使劲鼓掌，笑着

喊道："三二六号。"裁判记了下来，然后把蓝绶带塞给主人。

我跳跃着用力亲吻主人和桃乐茜小姐，我动作幅度如此之大，主人都抱不住我。当我走到出口时，桃乐茜小姐一把抓起我，把脸埋在我的两耳之间不停地亲吻我——就在大庭广众之下，他们两人同时紧紧地搂住我，我都搞不清自己到底是在谁怀里。但是我很清楚一件事，因为那是我亲耳听见的，是从裁判口中说出来的。

"你看到被我评为冠军的那只狗了吗？"裁判问入口处的看门员。

"是的。他比这个级别的其他狗要出色一些。"看门员回答说。

"当然啦！"裁判斩钉截铁地说，然后

两人相视而笑。

我才不在乎这个。诺兰捧着蓝绶带，桃乐茜小姐紧抱我的头，我再不会受伤害了，那几个养犬员溜之大吉，一个个就像做坏事被抓住。

我们三个一起坐下来，开始滔滔不绝地交流。他们俩兴奋异常，我也忍不住自豪起来，我高兴地大叫大跳，而我们这一片的牛头梗都在一边挣脱锁链一边朝我咆哮。

“快来瞧一瞧！”其中一只被我打败的狗嚷嚷道，“他在得意什么？”

“因为他拿了冠军！”另外一只狗说，“当我是幼犬时，他们都是我的手下败将。如果裁判不能区分宠物狗和獒犬，他还能做裁判吗？不幸的是，裁判确实不合格！”

吉米·乔克斯趴在长凳上，对我说：“小家伙，好样的！我是不是早和你说过了？”实际上他说的是我可能会得到一个“推荐奖”，不过我没有对他说这个。

“是的，前辈，您确实说过。”我回答道，之所以这样说是因为除他之外，我的同类都不喜欢我。

这时，一位先生走上前来，他脖子上挂着驯狗用的皮带，他用吹毛求疵的眼光看了我一眼，说道：“温德姆小姐，您的狗真棒。”然后，他接着问：“您能考虑一下卖掉他吗？”

“他不是我的，”桃乐茜小姐紧紧搂着我说，“真希望他是我的。”

“先生，我不会卖掉他。”主人接过话来，听他这样说，我心里乐开了花。

“噢，他是你的，对吧？”那位先生认真地盯着诺兰问道，“这样吧，我会给你一百美元。”他满不在乎地说。

“先生，谢谢你的好意，我不会卖的。”诺兰再次拒绝他，这一回，他瞪大了双眼。那位先生知趣地离开了；我却一直盯着他看，他和一位头戴高尔夫球帽的绅士交谈了几句，不一会儿，那位绅士就朝我们这边走来，他环视了一圈，最后停在我们面前。

“这是你的狗吗？”他问诺兰，“可惜啊，他的腿太细了。如果他有一个有力的尾巴，额头和鼻子之间距离再长点，他的耳朵会耸立得更高，那就是一只好狗。像他这样的，我给你五十美元买他。”

就在主人开口说话之前，桃乐茜小姐笑着对这个绅士说：“我认得您，您是波尔克先生的驯狗师。好吧，麻烦您转告他，不管是五分钟之前他来的时候，还是现在直至以后，我们都不会卖掉这只狗。当时，他可是出了一个高价要买他。”

听完这番话，这个人一脸尴尬，突然他转向诺兰。“我给你三百美元。”他说。

“噢，真是的！”桃乐茜小姐悄声地自言自语道。“就这样，是吗？”她转身看着我，仿佛这是她头一回见我。诺兰也诧异万分，他张大了嘴巴，紧紧搂住我不放。

“我不卖他！”诺兰怒气冲冲地吼道，仿佛受了惊吓一般；那个人灰头土脸地离开

了。

“诺兰，这是怎么回事？”桃乐茜小姐大声叫道，“波尔克先生是最懂牛头梗的人，美国任何一个像他这样的同行都不及他。他在搞什么鬼名堂？小家伙不过是只小幼犬！三百美元买一只小幼犬！”

“他还不是纯种的狗！”主人也叫喊出来，“他是‘不详’，对吧？当然，小家伙对此也无能为力，可是他的母亲，小姐——”

我低下头，实在不能忍受他接下去要告诉桃乐茜小姐的一切，不能忍受她将要知道我实际上是偷得的蓝绶带。

然而主人还未开口，就有一位先生大叫着跑过来：“三二六号，三二六号！”

桃乐茜小姐应答道："他在这儿；有什么事吗？"

"冠军赛，"这位先生说，"请快点；裁判在等他呢。"

诺兰帮我解开铁链，想给我戴上比赛用的皮套，可是他的双手一直在打颤，差点要勒死我。"小姐，冠军赛是什么？"他问，"到底是什么？"

"冠军赛就是，"桃乐茜小姐解释道，"他要和其他级别比赛的冠军共同参加的比赛——裁判会抉择出最优秀的狗。这只是个形式，"她补充说，"他现在要和其他冠军竞争。"

"没错，"那位先生肯定她的说法，然后催促我们去竞技场。"对你的狗来说，恐怕这是个形式而已，可裁判要求所有的冠军都到场，幼犬级别的也不例外。”

我们赶到入口处，看门员记下了我的号码。

“哪只狗在公开赛上夺冠了？”桃乐茜小姐问他。

“噢，还有谁？”看门员先生笑着回答她，“当然是老冠军了。目前他已经赢得了三年的冠军。他就在那边。真的很了不起，对吧？”他一边说一边指向场中央平台上的一只狗——他正趾高气昂地站立在那里。

我从未见过如此赏心悦目的狗——他是这样精致、洁净、高贵，浑身雪白——仿佛裹上了面粉，他高昂着头，目光如炬，神气十足，似乎没人配看他一眼。而他身

旁的其他狗，和他一比，就像是用泥捏出来的——即使大家都有蓝绶带。是的，他是贵族绅士，是王者。他的主人甚至没有给他套上皮圈，他就仰头站在那里，稳当当地宛若草坪上站立的铁铸狗，他似乎知道自己是万众瞩目的焦点。事实也确实如此，竞技场周围的所有人都瞄准了他。

“噢，太震撼了！”桃乐茜小姐惊呼道，“他仿佛是大师精心雕刻的大理石作品——当然是爱狗的大师。他是谁啊？”她翻着册子问道，“我对牛头梗不太熟悉。”

“哦，你认得他。”看门员先生说，“他就是冠军中的冠军，雷金特王子。”

主人的脸唰地变红了。

“这是雷金特王子的儿子。”他喊了出

来，然后急忙把我拉进竞技场，让我站在平台上——紧挨着我的爸爸。

我胆战心惊，差点要崩溃。我的四肢快要扭成麻花了。可是我的爸爸却一眼也没有看我。他只会眯着眼睛微笑，他一直保持半睁半闭的状态，似乎没人值得他瞧上一眼——连他的儿子也不配。

裁判不允许我站在爸爸旁边，他牵来一只又一只的狗，依次与爸爸挨在一起进行测量比较。然而每一只狗都毫不留情地被比下去了。最后他过来抱起我，把我放在平台上，让我和冠军雷金特王子肩并肩，然后他屈膝跪在地上，直直地盯着我们的眼睛。

这时，陪同我爸爸的那位绅士发出笑

声，他对裁判说：“约翰，你想让我们一天都在这里吗？”裁判却没有听见他说的话，他转到我们身后，用手摸摸我，再扣住我的耳朵，然后捧起我的下巴。竞技场四周的观众屏气凝神地看着这一幕，现场鸦雀无声。记分员瞪大双眼，把双肘支在膝盖上，身体前倾，而入口处的看门员压低声音对桃乐茜小姐说了几句，桃乐茜小姐脸都变白了。我则像一块石头僵在那里，几乎不能呼吸。透过眼角余光，我瞥见爸爸在舔自己的肉粉粉的身子，微微地打了个哈欠，似乎他已经厌倦了。

裁判不再凶巴巴了，他变得神情凝重。他内心在进行着一场激烈的争斗。他越是盯着我们看，他的神情越是严肃，当他触摸我们时，他的动作很温柔，好像是在抚摩我们。他长时间地跪在铺满木屑的地上，观察一下我的爸爸，再观察一下我，四周无人在交谈。

然后，裁判深深吸了一口气，出乎意料地拍拍我。“他是冠军。”他说，接着他迅速把手放在我爸爸背上，“对不起。”他说。

我爸爸的主人高声叫喊道：“你的意思是——”

裁判接过他的话，说道：“我认为另一只狗更出色。”他双手捧着我爸爸的头，俯下身充满哀愁地看着他。“王不再是王，”他说，“王者万岁！雷金特，再会！”

现场响起了雷鸣般的掌声，也有人发

出轻蔑的笑声，大家议论纷纷，我朝出口走去，我已经头晕目眩，几乎看不清前面的路。我的爸爸以一种优美的姿势走在我前面，他眯着眼睛微笑，仿佛他才刚睡醒，他依然高昂着头，旁若无人地往前走。

这就是我的夺冠经历，桃乐茜小姐称之为“天赐的成功”；话虽如此，可我一点也不觉得自己有什么不同，观众们尾随我来到我的位置，他们轻拍我，温声细语地对我说着什么，好像我是躺在摇篮里的小婴儿。大赛的工作人员不得不推开他们，好让报社的记者能给我拍照，诺兰自豪地抱着我来回走动，人们点着头称赞道：“他果真很完美，一点不假！”还有一些可爱的女士问桃乐茜小姐：“你不怕他咬你吗？”

那时，桃乐茜小姐正坐在我身旁，让我舔她的手套，大家都能看出我们是亲密的朋友。吉米·乔克斯叫住我，对我说：“我是不是和你说过？我就知道你是我们中的一员。有其父必有其子，小家伙；有其父必有其子。我见过你的祖父，”他接着说，“那是他在水晶宫首次参加比赛。但是他永远做不到你这样！”

从那之后，只要是我想要的，就没有我得不到的。你们可以把我想象成一头雪狗，他们唯恐我融化掉了。如果我弄湿了爪子，诺兰会给我洗热水澡，然后把我拴在火炉旁；如果我吃不完一顿饭，诺兰就会跑去叫兽医——厨师为我准备的饭菜总是很丰盛，而且我现在已经成了家狗，不管有没有客人，我都能和他们一起共进午餐。正如吉米说的那样，兽医只会胡说八道，但他也是出于好意。我不允许自己挠痒痒，除非痒不可耐的时候，诺兰给我喝下作呕的饮料，然后在屋外揉搓我；我甚至不允许啃骨头，因为会毁掉我“漂亮的”嘴巴，我妈妈经常称它为“震慑力十足的嘴”；我的食物是专门在一个煤气炉上烹饪出来的；桃乐茜小姐送给我一件剪裁得体的外套，那似乎是为冠军们定制的，当我们坐马车出行的时候，我就穿着它。

在接下去的那场比赛上，我赢得了三条蓝绶带，四个银奖杯，两枚勋章，然后还为诺兰带回了四十五美元，他们给了我一个“注册”名，同吉米一样。桃乐茜小

姐想叫我“雷金特嗣子”；但是我很高兴听到诺兰这样说：“不行，小家伙什么也不欠他父亲，他的成就完全归功于你和他自己。所以，小姐，假如你愿意的话，我们就叫他基德·温德姆。”

他们真这样定下了我的名字，你可以在我的外套上看见一行蓝色字母——那是我的名字，我的狗舍门口的正上方也漆上了我的大名。这一切实在让我很费解。连续好多天，我就趴在地上怀疑，这是真正的我吗？这一切又是怎么发生的？为什么每个人都对我那么好？噢，如果不是因为他们对我这样好，我肯定得不到我最想要的那样东西。正是因为他们待我仁慈，不忍心拒绝我任何要求，他们才把我最想要的给了我——对我来说，这是世上最重要的东西。

那是之后某一天，我们一起乘车外出。我们乘坐的马车被称作狗狗专用马车，因为这是桃乐茜小姐专门用来载我和吉米出去兜风的马车。诺兰紧跟在我们后头，我穿着新外套坐在桃乐茜小姐身旁。我一边欣赏风景，一边想这样真好——马儿在前方拉着你前进，这样就不会有泥土溅在身上，也不用洗澡了，这时突然传来一头狗大声嘶叫的呼救声，我竖起耳朵，朝马儿前方望过去。眼前的这一幕足以让我浑身颤抖。在我们前面的路上，三只大狗正在追赶一只年老体弱的母狗。她的尾巴上系着一根绳子，不知是哪个淘气的小男孩在绳子上绑了一个罐头瓶子，她伤痕累累，全身脏兮兮的——满是泥巴和灰尘。她已经精疲力尽，老得跑不动了，但是她为活下去而拼死抗争，她不顾一切地奋力撕咬，这是一场生死决斗。一眨眼工夫，那三只狗就把她按倒在地，我再也坐不住了，我义无反顾地冲过去。虽然身上的外套让我不太舒服，为此我暗自嘀咕了几句，但是我很快伸展开身体，急匆匆扑了过去。桃乐茜小姐在我身后大声疾呼："他们会杀掉那只老狗。等一等，拿着我的鞭子。赶走他们！小家伙会保护好自己。"我听到诺兰冲到路上，马儿也停下来了。那只老母狗趴在地上，另外三只狗围住她恶狠狠地乱咬；我一路狂奔过去，踢飞不少石子，

她听到这个声音，以为我是他们一伙的，然后她抬起头看我，这时一种撕心裂肺的痛楚朝我袭来。因为——就算她浑身流血、满是泥巴和灰尘，我也能认出她是谁，我意识到我的妈妈回来了。我大吼一声，那三只狗被震慑住了。

“妈妈！”我呼喊道，“我是小家伙，我来了，妈妈，我来了！”

我对准其中一只大狗的喉咙咬过去，另外两只狗便用嘴撕扯我的外套，他们几下子就把外套扯开了，我巴不得他们这样做，这样正好解放了我。这场架我打得又痛快又舒畅，前所未有！因为妈妈在一旁看着我，而且自从我成为大奖得主之后，他们就不允许我掺和任何斗殴，这一场架来得很及时，打了好一会儿，他们终于嗷嗷地开始叫唤。妈妈见状立刻跳过来帮我，看见她我就笑了。这一瞬间，时光仿佛倒流了。诺兰的举动也让我忍俊不禁。他就像岸上的一只母鸡，挥舞着鞭子，却又不敢甩出鞭子，只因他害怕抽到我。

“住手，小家伙，”他说，“停下。你想被打得皮开肉绽吗？想想波士顿大赛。”他喘口气，接着说，“想想芝加哥大赛，想想丹伯里大赛。难道你不想成为冠军了吗？”在和三头狗拼得你死我活的时候，我还有心思去想那些地方吗？但是没过多

久，其中两只狗向我求饶，妈妈和我就放走了他们。而那头大狗已经跑不动了。妈妈和我开始欢呼雀跃，我们就在路上嬉闹着互相亲吻对方。我们是天底下最幸福的母子俩。诺兰吹着口哨叫我的名字，恳请我回到他身旁；但我依然笑个不停，只想和妈妈逗乐。

“现在，你跟我来，”我说，“去我的新家，再也别逃走了。”然后我指给妈妈看我们的大房子——它坐落在山顶上，盖有五个红屋顶。但是妈妈簌簌发抖，说道：“他们不会让我去这样的地方的。小家伙，总督住在那里吗？”我笑着回答说：“没有；是我住在那里。如果他们不让你住进去，我们就一起回到街上流浪，因为从此往后我们不能再分开。”说完，我们肩并肩一路小跑上山，诺兰跟在后面想抓住我，桃乐茜小姐坐在马车里取笑他。

“小家伙和那只可怜的老狗成了朋友，”她说，“可能他之前在街头流浪的时候就认识她。把她抱进来放在我身边，看小家伙会不会跟来。”

听她这样说之后，我就让妈妈和诺兰一起去坐马车；可是她拒绝了我——她担心她会弄脏漂亮姑娘的裙子；我让她照我说的去做，于是诺兰抱起她，把她放进马车，诺兰的手一直抖个不停。然后，我和马车一道欢快地向前奔跑。

当我们驶回马厩之后，我领着妈妈来到我的狗舍，并让她在那里住下，告诉她那就是她的家。“哦，他不会同意的！”她说道。

“谁不会同意？”我盯着诺兰问，语气中带有一丝责备，其实我只想让他知道我会说到做到。

“你怎么叫基德·温德姆啊？”她抬头看着狗舍门上的名字问我。

“我就是基德·温德姆！”我回答她。

“是你啊！”她大叫道，“是你！难道我的小家伙就是大家都在谈论的基德·温德姆？”说到这里，妈妈一下趴倒在稻草堆里，热泪纵横——她是如此苍老、如此激动。

噢，再没有什么好说的了。桃乐茜小姐处理好了这个问题。

“如果小家伙想让这个可怜的老家伙待在马厩里，”她说，“就留下她吧。”

“你瞧，”她接着说，“她是黑皮肤，他的妈妈也是黑皮肤，也许正是这一点让小家伙对她这样友好。”

“其实对我来说，”诺兰说道，“她能享用这里的一切。我从来不会赶走任何一只来寻求庇护的狗。但是温德姆先生会怎样做呢？”

“他会听我的，”桃乐茜小姐回应他，“只要我说她能留下，她就能留下，听好了——她能留下！”

妈妈、诺兰和我组成了一个家。起初妈妈有点担惊受怕——她还不习惯和好人相处；但是她性情温柔可爱，相比起我来，马夫们似乎更喜爱她，他们轻拍她、给她最好吃的食物，他们这样做是想让我嫉妒。但是他们却大错特错，这根本不能伤害我。就这样吧。妈妈在这儿是如此幸福，我跟她说我们可以把这个地方称作“打猎欢宴乐土”，因为没有人会猎杀你，也没有可供你猎杀的东西；所有的东西都会自己送上门来。我们的生活安稳静好，妈妈成天趴着晒太阳，或者在马夫总管的办公室里烤火炉。诺兰每天定时喂她两顿饭，其他的马夫还会时不时给她一点食物。至于我呢，则跑遍全国去参加各地的展评会，我为诺兰赢得了金钱和奖杯，夺走了一个又一个本属于我爸爸的冠军。